Jeanne et Lisaelle

Deuxième cahier d'Hératis

Du même auteur

La Comtesse esclave-Les aventures saphiques de Blanche de Jonvelle

Capturées par les corsaire-Les aventures saphiques de Blanche de Jonvelle

Blanche et les courtisanes-Les aventures saphiques de Blanche de Jonvelle

Arrivée sur Hératis-Les cahiers d'Hératis

Hermione de Méricourt

Jeanne et Lisaelle

Deuxième cahier d'Hératis

« Tous droits de reproduction, d'adaptation et de traduction, intégrale ou partielle réservés pour tous pays. L'auteur ou l'éditeur est seul propriétaire des droits et responsable du contenu de ce livre. Le Code de la propriété intellectuelle interdit les copies ou reproductions destinées à une utilisation collective. Toute représentation ou reproduction intégrale ou partielle faite par quelque procédé que ce soit, sans le consentement de l'auteur ou de ses ayants droit ou ayants cause, est illicite et constitue une contrefaçon, aux termes des articles L.335-2 et suivants du Code de la propriété intellectuelle. »

Hermione de Méricourt

J'ai interrompu ma série consacrée à Blanche de Jonvelle pour écrire cette fantaisie. J'espère que vous aimerez Hératis autant que moi, c'est le monde féminin auquel je rêve.

Table des matières

Chapitre 1: Le sacrifice des Elendari..........................14

Chapitre 2: L'enfant des deux mondes.......................23

Chapitre 3: Transmettre le Don 29

Chapitre 4: Hye-jin 44

Chapitre 5: les Anciennes d'Ekkaal 56

Chapitre 6: Préparatifs de guerre 63

Chapitre 7: Terrible victoire 71

Préface

Le deuxième cahier d'Hératis raconte la suite et la fin de l'arrivée sur Hératis. Il complète l'histoire de Jeanne et de son amante elfe, la belle Lisaelle.

Avant-propos

Chapitre 1: Le sacrifice des Elendari

"Tu le sais déjà, je m'appelle Lisaelle et j'appartiens au peuple que vous appelez les elfes. Notre peuple se nomme lui-même les Elendari. Nous vivons depuis toujours dans de petits villages isolés, tels que celui que tu as vu. Chaque village est indépendant et nous ne nous regroupons que de temps à autre pour accomplir certains rites. Ekkal est le nom du village où s'alignent une centaine de maisons qui abritent notre communauté. Au sein du village, on trouve une variété d'architectures, comprenant des constructions à usage public, des logis de groupe, et des résidences privées pour les familles. Collectivement, les adultes se consacrent à l'agriculture de nos terres et confient leurs enfants aux soins de vieilles femmes, dont la responsabilité est de leur enseigner les rudiments de notre culture. J'ai l'impression qu'elle est vraiment différente de la vôtre. Bien que nos armes soient de moindre puissance, nous compensons par une maîtrise supérieure de nos esprits. Nous le maîtrisons et nous pratiquons la discipline mentale que vous appelez "magie". Chacune d'entre nous a un don particulier. Pour ma part, je peux soulever des objets, mais aussi raviver le courage de celles parmi mes compagnes qui éprouvent, pour moi, de tendres sentiments. J'ai remarqué d'ailleurs combien tu étais sensible à ce don. Comme les autres, dès que j'ai pu marcher, j'ai rejoint la troupe des fillettes de mon âge. Selon les rites anciens de notre communauté, nous fûmes élevées en un groupe solidaire et inséparable. Cette tradition a pour origine une légende et une tradition qui hantaient nos nuits et nos cauchemars. Il y a plusieurs siècles, notre village tomba sous la suzeraineté d'un groupe de Nayks trop fort pour nous. Les Nayks sont ces araignées gigantesques et cruelles, comme la créature maléfique à laquelle ils prévoyaient de m'offrir en tribut et que tu as tuée. Notre village les combattit, mais il fut hélas vaincu. Les Nayks dotées de la capacité de lire dans nos esprits ; anticipaient chacune de nos attaques. Elles étaient trop nombreuses, nos ancêtres ne pouvaient gagner contre ces monstres. Nombreuses furent, parmi les générations passées, celles qui tentèrent de nous en libérer ; mais aucune ne parvint à les vaincre. C'est pourquoi, nous dûmes leur donner ce qu'elles attendaient de nous. Depuis ce temps-là, à chaque solstice le village doit sacrifier une de ses jeunes filles à la cruauté des Nayks. La veille de notre rencontre, les villageoises se sont réunies pour une cérémonie ancestrale. Ma promotion atteignait enfin l'âge de la Grande Initiation. Nous fûmes convoquées au centre du village et introduites aux sombres mystères ancestraux. La grande prêtresse nous demanda si nous aimions assez Ekkal pour lui donner notre vie. D'une seule voix, nous répondîmes "oui". D'une voix sinistre, alors, elle nous raconta l'histoire de notre village, de sa soumission aux Nayks et nous annonça le sacrifice qui était nécessaire. Chacune d'entre nous dû donner une goutte de son sang. On le brûla dans des incantations puis on jeta des os sur les cendres. La grande divinatrice m'informa que j'étais choisie entre toutes pour être offerte en sacrifice. J'étais à la fois fière et terrorisée. J'étais fière parce qu'être élue pour le sacrifice me distinguait entre toutes. Désormais, mon nom serait honoré dans notre village. On traiterait mes descendantes comme des princesses. Je deviendrais une des Glorieuses Ancêtres, une des divinités qui selon la légende, avaient édifié Ekkall. Je n'ai pas besoin d'insister ici sur ce qui me terrorisait, car tu l'as vu de tes propres yeux. Toute la soirée, je fus fêtée, choyée, encensée. On se prosternait devant moi et on m'apportait les mets les plus rares. Chacun de mes désirs était considéré comme un ordre.

Puis, le jour se leva. Les prêtresses me déshabillèrent, me lavèrent. On me vêtit de la robe blanche diaphane des sacrifiées. Je me révoltais intérieurement. Je connaissais le dessous des choses, grâce à ma mère. La divination n'était que de pure forme. Les prêtresses désignaient toujours la plus belle des Elendari de sa classe d'âge. C'était ce qu'exigeaient les Nayks. Mais qu'avaient à faire de notre beauté, celles qui ne venaient que pour dévorer nos chairs ? Comment faisaient-elles la différence ? Comment étaient-elles capables de s'en délecter ? C'est ainsi ; accompagnée de musique et de danses que j'ai quitté mon village. Nous avons marché quelques centaines de mètres ; puis nous sommes arrivées au lieu-dit. J'étais avec cinq prêtresses qui m'entouraient de leurs chants et me réconfortaient par leur présence attentive. J'étais parfumée et couverte de fleurs. Le rite leur permettait de me remercier pour le sacrifice que je faisais et sans doute, peut-être de se sentir moins coupables. Ainsi, mon fantôme ne viendrait pas les hanter. Il fallait donc qu'avant de mourir, j'éprouve tous les plaisirs et qu'il ne me reste plus rien à regretter. On me mena près de la source que tu as vu jaillir. On retira ma robe, mon dernier rempart et on me lava dans l'eau pure, fraîche et cristalline. On employait les très rares fleurs-éponges. Je frissonnais sous chaque caresse. Les mains délicates qui glissaient sur ma peau me firent soupirer. Comme tu l'as remarqué, nous apaisons les tensions qui nous divisent par le plaisir sexuel. Il faudrait, en ce jour si important, beaucoup m'apaiser. Ensuite, je fus liée à la Pierre. Mes membres furent écartés et attachés à la roche tiède. Les prêtresses me frôlaient, me caressaient m'entraînant vers des sensations délicieuses. Je gémissais plus offerte que jamais. Les prêtresses étaient habiles et expertes dans l'art de donner du plaisir. La première, Etsel aux cheveux d'argent, me caressait les jambes avec douceur, remontant lentement vers mon entrejambe. Sa main effleurait ma peau, me donnant la chair de poule. La deuxième, Axiel aux cheveux de feu, câlinait mes seins, les malaxant et les pinçant avec délicatesse. Ses doigts habiles jouaient avec mes tétons, les faisant durcir sous leur pulpe délicate. Ils se nouaient, devenant si sensibles que chaque contact m'arrachait des soupirs de plus en plus profonds et intenses. La troisième prêtresse, Exekiel aux cheveux bruns, se concentrait sur mon nombril tremblant, le caressant et le massant avec douceur. Ses doigts dessinaient des cercles sur la peau si tendre de mon ventre, qui frémissait déjà vaincue par le plaisir. Enfin, le visage de la quatrième était si proche de moi qu'il était mon seul paysage, ses lèvres caressaient les miennes et mes joues avec douceur, ses longs cheveux blonds frôlaient ma peau. Ses doigts effleuraient mes paupières, me faisant fermer les yeux pour mieux me donner et m'abandonner à leurs caresses. Je perdis tout contrôle lorsque des mains douces et tendres se rejoignirent à l'endroit le plus sensible et délicat de mon corps. Leurs doigts bougeaient en rythme, me frôlant et me palpant avec une habileté incroyable. Leurs mouvements étaient parfaitement harmonieux, ils me menaient au comble de la délectation. Je haletais et criais de plaisir, me sentant plus exposée et plus vivante que jamais auparavant. Puis, leurs doigts glissèrent à l'intérieur de moi, me pénétrant doucement, mais fermement. Je sentis une vague de frissons voluptueux me submerger ; je jouissais tellement fort que cela me fit presque perdre connaissance. Les deux autres prêtresses continuaient à me caresser et à me frôler, ajoutant à ce plaisir qui me faisait crier. Je tentais de reprendre mon souffle de rassembler mes esprits. Mais leurs mains si douces voulaient m'arracher tous mes cris. Mes orgasmes s'enchainaient ; chacun étant plus violent que celui qui l'avait précédé. Je pleurais de plaisir, totalement soumise à leurs moindres volontés. Les prêtresses ne tenaient pas compte de mes cris, je sentais sur moi et en moi leurs huit mains qui me caressaient et me pénétraient tour à tour me menant vers des orgasmes qui détachaient mon âme de mon corps. J'étais tétanisée, trempée, alors que les vagues sauvages me submergeaient. Je m'époumonais vaincue cent fois par le plaisir, secouée par des spasmes incontrôlables.

La calme revint. Les prêtresses avaient cessé d'utiliser leurs mains, hélas c'étaient leurs baisers que je sentais maintenant contre ma peau encore frémissante. Les lèvres des prêtresses étaient douces et sensuelles, leur langue se délectaient du sel de ma sueur. Alors qu'une prêtresse embrassait mon cou, ses lèvres chaudes et humides me firent tressaillir de plaisir. À ce signal, sa main droite glissa lentement sur mon ventre, descendant vers mon intimité, tandis que sa main gauche caressait mes seins, pinçant légèrement mes tétons. Une autre prêtresse, quant à elle, embrassa mon ventre, sa langue dessinant des cercles autour de mon nombril. Sa main droite remontait doucement le long de ma cuisse, tandis que sa main gauche caressait mes fesses. Je pouvais sentir son souffle chaud contre ma peau, me faisant déjà geindre de désir. La prêtresse rousse se pencha sur moi et commença à embrasser l'intérieur de mes cuisses, remontant progressivement vers mon entrejambe. Sa langue se délectait de ma peau, me faisait onduler d'aise. Je sentais sa respiration chaude, et je me tendis en anticipation. Puis, elle posa ses lèvres sur ma fente palpitante. Je suppliais déjà, alors sa langue généreuse commença à explorer mon intimité. Elle était habile et experte, sachant exactement où me toucher pour me faire perdre la tête. Sa langue s'emparait de mon clitoris, me faisant succomber encore. Pendant ce temps, la prêtresse aux cheveux noirs et aux yeux bleus se concentrait sur mes seins. Elle les embrassait et les suçait, ses mains les malaxant doucement. Ses doigts effleuraient les pointes de mes seins, les faisant durcir à l'envie. Les deux autres prêtresses continuaient à m'embrasser, mon faisant jouir dans un sanglot. Je me sentais complètement soumise à elles, mon corps répondait à chaque baiser. J'exprimais mes sensations par des plaintes déchirantes et des cris d'allégresse, me sentant plus vivante que jamais. Puis, finalement, quelque chose céda en moi. Mon corps se tendit et je laissais emporter par des vagues qui me submergèrent. Les prêtresses continuèrent à me caresser et à m'embrasser, prolongeant mon plaisir jusqu'à ce que je perde conscience. Plus tard, mais combien de temps après ? Je flottais entre le rêve et la réalité. En ouvrant les yeux et je vis Bethel, mon amie de cœur vêtue d'une robe blanche semblable à celle que l'on m'avait retirée. Elle était là pour que s'accomplisse l'ultime rituel. Les prêtresses me détachèrent et m'allongèrent sur la roche sans cesser de me câliner. Elles déshabillèrent Bethel qui s'allongea sur moi, m'embrassa et commença à frotter délicatement sa fente contre la mienne. Ses caresses étaient douces et tendres, et je pouvais sentir son amour pour moi dans chacun de ses mouvements. Les prêtresses continuaient à nous effleurer toutes les deux, leurs mains expertes nous guidaient vers un plaisir encore plus grand. Je sentais maintenant mon corps capable de répondre aux caresses de Bethel, le désir à nouveau s'emparait de moi. Ma vulve s'humidifiait, redevenait fertile. Nos souffles s'unissaient, nos corps se fondaient ensemble.

Nous continuâmes jusqu'à ce que la jouissance nous prenne et nous unisse davantage encore. Lorsque nous retrouvâmes enfin notre souffle, Bethel m'embrassa et me serra très fort. Des larmes striaient son visage. Je n'allais pas mourir complètement, car, désormais, elle portait ma fille. Elle me dit qu'elle l'aimerait plus que sa vie puis elle me dit adieu. Les prêtresses m'attachèrent au rocher du sacrifice. C'était presque l'aube.

Chapitre 2: L'enfant des deux mondes

Elles partirent à reculons, prosternées devant moi. Elles me considéraient avec le respect dû à l'incarnation que leurs cérémonies avaient sculptée de ma personne. J'étais une déesse désormais ; mais une déesse offerte nue et tremblante à la créature infernale qui allait la dévorer. Tout à coup, j'ai senti sa présence. La Nayk arrivait de son pas pesant et lent. Alors, je perdis ma dignité de déesse et je vociférai pour implorer que l'on me sauve. L'arachnide s'arrêta à trois mètres de moi, se délectant de ma terreur. Puis, elle entra dans mon esprit : "Ekkal nous envoie cette année un cadeau délicieux. Tu ne mourras pas aujourd'hui. Je vais te paralyser, après, tu seras la première nourriture de mes enfants. Tu hébergeras mes larves, car vraiment, tu es digne d'elles". Je refusais de toutes mes forces ces paroles sinistres, mon cœur se déchaînait. Il hurlait sa haine et sa volonté de vivre. Soudain, la Nayk cria dans ma tête et se retourna. Ton premier tir avait atteint une de ses pattes. Elle se précipitait sur toi. Le deuxième tir ne fit que ricocher. Elle éleva son dard pour te paralyser. Mais cette fois, tu visas juste et ton tir désintégra son système nerveux. Tu étais vivante et m'avais sauvé la vie. Par ce geste, tu me devenais aussi précieuse que ma propre mère. Tes amies t'ont rejointe et en employant vos armes extraordinaires, vous m'avez libérée de mes chaînes. J'étais libre et vivante ! Je regardais le cadavre du monstre. Un jour ses sœurs la trouveraient et voudraient la venger. Elles attaqueraient Ekkall. Mais je te regardais ensuite, vous étiez plus grandes plus puissantes que nous autres, les Elendari. Je ne parvenais pas à lire dans ton esprit et le monstre n'en avait pas été capable non plus. Alors, un espoir naquit dans mon cœur. Et si vous étiez nos libératrices ? Tu me donnas des vêtements et tu me fis signe de partir ; mais je ne voulais pas et je ne pouvais pas. Tant que je ne vous avais pas convaincues de nous aider contre les Nayks ; tout mon village me considérerait comme sacrilège. Il fallait revenir victorieuse ou ne jamais revenir. De plus, je te devais la vie. J'essayais de te l'expliquer, mais tu ne me comprenais pas. À la fin, heureusement, tu acceptas que je te suive et que je te serve.

J'ai essayé toute sorte de moyens pour entrer en contact avec ton esprit. Mais, il semblait fermé comme un coffre ou plutôt comme un lieu qui n'avait jamais été ouvert. Je tremblais en imaginant que peut-être, vous n'étiez pas télépathes. Je sus, dès ce moment que vous n'apparteniez pas à ce monde. Personne, sur Hératis, n'était privé de ce don si nécessaire. Votre aspect était familier, à l'exception de vos curieuses oreilles rondes. Mais, il y a ici tant de races et de peuples ! En revanche, aucune n'était si primitive. Vous ne savez même pas utiliser, les formes les plus élémentaires de notre pouvoir ! Le sens de tout cela s'éclaircissait. Je devais vous suivre fin d'éveiller vos dons s'ils existaient. Sans eux, jamais, vous ne parviendrez à survivre dans ce monde. J'ai cherché différents moyens. En osant entrer dans la cabine de douche ; j'ai eu la certitude qu'une connexion était possible. En nous unissant dans un même plaisir, nous l'avons enfin créée." Jeanne sourit alors "Donc pour me sauver, il fallait que tu me séduises ?" Lisaelle caressa ses cheveux : "Et ce fut délicieux, mon amour. Dès le premier jour, j'étais fascinée par la force de vos corps magnifiques, plus grands et plus puissants que les nôtres. Vous êtes majestueuses et éblouissantes comme des Princesses-dragons. Te séduire n'était pas aussi facile que je le croyais. J'avais remarqué que tu t'intéressais à moi. Quand j'étais auprès de toi, tes pupilles se dilataient, tes mamelons se tendaient, tu respirais avec plus de difficultés et je sentais la moiteur grandissante en toi. Mais dès que je tentais un geste qui te semblait trop intime, alors tu te rétractais et tu te refusais. Ton esprit aussi se fermait comme paralysé par une peur que je ne comprenais pas. Je sais maintenant, puisque, je l'ai lu dans tes souvenirs, d'où te viennent ces effrois et cette réticence. Je ne comprends pas simplement pourquoi elles t'ont été inculquées. Pourquoi vous apprend-on ainsi à lutter contre vous-même ? J'ai eu de la peine pour toi, le jour où je t'ai retrouvée sous la douche. C'était comme si ton corps hurlait son désir de moi et je n'avais qu'une seule envie, le satisfaire et me retrouver auprès de toi. Ma chair hurlait à l'unisson de la tienne et elle brûlait d'un désir que tu te refusais absolument à satisfaire. Heureusement, j'ai enfin senti que doucement, tu t'ouvrais à moi. Aujourd'hui enfin, j'ai senti que tu m'autorisais à nous donner ce que nous avions si longtemps désiré. Jamais je n'avais attendu aussi longtemps et je dois admettre que cette attente m'a attachée à toi plus qu'à aucune de mes partenaires. Jamais le plaisir ne m'avait emportée aussi loin hors de ma conscience. Désormais, nos esprits sont liés et je peux lire en toi comme tu peux lire en moi." Jeanne lui sourit "Je crois que nous allons parler toute la nuit, j'ai tellement de questions."

Hératis était le nom de ce monde. D'anciennes légendes parlaient d'êtres masculins ayant vécu ici et tyrannisé ce monde ; mais ils avaient disparu depuis plus de dix mille ans. On racontait qu'ils étaient des êtres violents, que leur présence seule était un danger. Mais un jour Eviel que Ekkaal considérait comme la mère commune de toutes les Elendari avait invoqué la terre et le ciel, répandu son propre sang dans la substance du monde, causant la mort de tout être masculin, Elendari ou animal. Depuis, ils n'avaient pas reparu sous le ciel d'Hératis. Une question brûlait les lèvres de Jeanne. "Tu m'as raconté que ton amie portait ton enfant, comment cela est-il possible ?" Lisaelle sourit, rougit un peu et expliqua que les caresses qu'elle avait reçues, l'avaient terriblement excitée, son sexe palpitant était devenue humide. Le liquide, qui recouvrait alors sa vulve pouvait, si elles le désiraient féconder ses partenaires lorsque leurs sexes s'embrassaient avec passion. Au moment de leurs rapports, elles savaient si elles voulaient enfanter ou non. Lorsqu'elles le souhaitaient, elles laissaient les sécrétions de leur partenaire glisser au cœur d'elle-même et s'emparer de leurs ovules. En revanche, si elles ne le souhaitaient pas alors, elles se protégeaient pour ne pas tomber enceintes. Pendant qu'elle écoutait Lisaelle, une inquiétude s'empara de Jeanne. L'Elendari prit la main de son amante qui avoua, en rougissant, se demander si elle n'avait pas été fécondée par leur relation. Cela fit rire Lisaelle. Elles appartenaient à deux espèces différentes, avaient grandi sur des planètes différentes ; il était hautement improbable que leurs jeux aussi agréables et tendres qu'ils aient pu être, aient pu engendrer une nouvelle vie. Cela rassura un peu Jeanne. Voyant qu'il fallait faire davantage, Lisaelle lui offrit d'utiliser leur lien pour l'inspecter et vérifier qu'elle n'était pas enceinte. Jeanne hocha la tête avec timidité. Alors, l'elfe ferma les yeux et se concentra. Cela dura plusieurs minutes, de temps à autre, elle fronçait les sourcils. De plus en plus souvent, semblait-il. L'attente se prolongeait. Quand elle rouvrit les yeux, elle avait pâli. "Je ne comprends pas Jeanne ; tu portes un embryon". Les deux amantes restèrent main dans la main, bouleversées, incapables de parler. Lisaelle murmura "à ce stade, cela peut être facilement réparé. Les cellules viennent de commencer à se diviser." Ces mots résonnaient dans la tête de Jeanne qui ne savait que dire. Puis, soudain, ce fut évident. Elle regarda son amante, ses yeux étaient emplis d'amour "Non ma chérie, je souhaite garder notre enfant". Lisaelle venait de leur apporter un espoir qu'aucune terrienne n'aurait pu concevoir. Elles allaient non seulement survivre sur Hératis mais aussi s'y établir et y faire souche. Elle voulait vivre ici, y connaître ses filles puis les filles de ses filles. Hératis était désormais son monde.

Chapitre 3: Transmettre le Don

Dans la quiétude de l'aube, au creux de leur lit douillet, Jeanne et Lisaelle reposaient nues et enlacées, prenant la mesure de ce qu'elles viennent de découvrir. Leur amour naissant et déjà fécond, avait déjà surmonté bien des obstacles. Avec, Lisaelle prit la main de Jeanne. Lisael lui expliqua avec douceur la singularité de la situation. Certes, elle pouvait éveiller les pouvoirs latents chez les Terriennes en leur faisant l'amour ; mais il ne pouvait pas être question, pour elle, de féconder sans leur consentement chacune des jeunes femmes et puis, parmi les humaines, elle ne désirait vraiment que celle qui venait déjà de devenir son amante. Jeanne, qui désormais portait leur enfant, fruit de leur amour devrait transmettre le Don. Elle blêmit "tu ne m'aimes pas, tu me demandes de t'être infidèle ?" Lisaelle cherchait ses mots pour ne pas la blesser. Elle expliqua à sa compagne que ce n'était pas une trahison, que sur Hératis le sexe n'était pas seulement l'expression de l'amour. Lisaelle voyait l'inquiétude peinte sur le visage de Jeanne, comprenait la profondeur de ses émotions et la complexité de la situation.

Elle prit une profonde inspiration, car elle voulait apaiser la jeune femme qui l'aimait de toute son âme et se serrait contre elle de peur de la perdre. "Dans le monde d'où tu viens, Jeanne, j'ai compris que l'amour et la sexualité sont souvent vus comme inséparables. Mais ici, sur Hératis, tout est différent. Ce que je lis dans ton cœur ne peut me tromper, quoiqu'il advienne tu me seras fidèle. Je t'aime, Jeanne. Ensemble, nous pouvons offrir à nos compagnes la chance d'éveiller leurs propres forces, de se protéger. C'est un chemin que nous devons emprunter ensemble." L'inquiétude de Jeanne était palpable. Sa voix trahissait sa crainte, sa peur et sa timidité. "Devrais-je... avec toutes les Terriennes ?" Elle frissonna à cette pensée, à la fois inquiète et excitée. Lisaelle lui offrit un sourire empreint de douceur, une lueur de compréhension et de réconfort dans ses yeux. "Non, mon amour," commença-t-elle. "Seulement avec celles vers qui ton cœur se tourne, celles que ton âme désire. N'y en a-t-il aucune ?" Jeanne eut une vision des formes sensuelles de son amie anglaise, de sa peau de porcelaine, de ses longs cheveux roux. Elle se rapprocha, son regard plongeant dans celui de Jeanne. "Tu sais, j'ai lu en toi des sentiments pour Heather et ton amitié pour Gudrun... C'est tout ce qu'il faut. Heather et Gudrun, à leur tour, suivront le chemin de leur propre désir, tissant un réseau de connexions qui embrassera toutes tes sœurs." Jeanne sentit la chaleur monter à ses joues, un rouge qui témoignaait de son émoi soudain. Les mots de Lisaelle venaient d'éveiller en elle le souvenir d'un rêve qu'elle avait voulu oublier. Elle se revoyait, nue, sa peau tremblant contre celle d'Heather. Elle sentait contre sa poitrine, les seins ronds et fermer, leurs mamelons érigés. Ce souvenir déclencha une vague de désir.. "Je… Dans un rêve, j'ai senti... Heather... Nous étions si proches." Sa voix était un murmure. Le soleil commençait à percer à travers les rideaux, baignant la chambre d'une lumière douce. Entre elles, un accord silencieux se formait. Jeanne, avec une résolution teintée d'une tendre affection pour Lisaelle, acceptait pas à pas son nouveau rôle, consciente de l'importance d'un sacrifice qui, somme toute, ne serait pas si déplaisant, mais garantirait l'avenir de ses compagnes et ferait d'Hératis leur nouvelle maison.

Quelques heures plus tard, les Terriennes se rassemblaient autour de la table du déjeuner. L'atmosphère était teintée d'une curiosité palpable. "Mes chères amies," commença Lisaelle, sa voix claire et assurée captat l'attention de toutes. "Hératis est une planète qui pourra vous sembler aussi merveilleuse que dangereuse, un monde quivous demandera une adaptation et une connaissance approfondies de ses équilibres. La vie ici fonctionne selon des règles différentes de celles que vous avez connues sur Terre, et votre survie dépend de votre capacité à acquérir d'autres pouvoirs, semblables à ce que vous appelez "magie"." Elle leur parla de l'importance de la télépathie sur Hératis, une faculté innée chez les Elendari et latente chez les Terriennes, révélant que cette capacité était la clé de leur survie. Puis, avec douceur, Lisaelle aborda la question délicate de leur survie et de leur descendance sur Hératis. " Dans votre monde, l'homosexualité est taboue, mais sur cette planète, il n'y a que des femmes et vous ne pourrez survivre que si vous acceptez de briser les interdits qui vous ont été inculqués. Jeanne s'est donnée à moi, nous avons joui l'une contre l'autre et maintenant, elle porte notre fille. N'est-ce pas une surprise merveilleuse ? Vous êtes les bienvenues sur Hératis et si vous le voulez bien, votre descendance le sera aussi." La discussion continua de longues minutes. Au bout de ce débat, Heather sentit la main de Jeanne dans la sienne : "Tu veux bien qu'on parle ?" Heather acquiesça. Elles marchèrent quelques dizaines de mètres, main dans la main puis Jeanne lui fit face. Elle hésitait sur la manière d'aborder le sujet. Elle demanda à Heather si elle avait entendu le discours de Lisaelle. Comme Heather le confirmait, Jeanne lui expliqua que Lisaelle avait réveillé ses potentialités télépathiques et que sa responsabilité était de transmettre cela aux autres Terriennes. Heather écoutait en silence. Jeanne rougissait de plus en plus mal à l'aise. "Il faut que j'ai une relation sexuelle avec une d'entre vous, celle que je désire le plus." Heather sentant venir la demande se balançait d'un pied sur l'autre. Jeanne transpirait et sa voix tremblotait. Ce qu'elle était en train de dire, elle n'avait jamais imaginé pouvoir le dire. "Tu es celle avec qui j'aimerais le faire, celle que je pourrais désirer." Heather devint aussi rouge que sa compagne, ne sachant pas quoi répondre "Ah bon, tu es sûre ?" Jeanne hocha la tête. Elles restaient là, toutes les deux face à face sans oser se parler, ni se regarder. Au bout d'une éternité, Heather osa murmurer "Mais tu as pu accepter cela malgré ton éducation ?" Des années de catéchisme leur avaient enseigné que cela offensait Dieu. On leur avait inculqué que les amours homosexuelles étaient contre-nature, que l'Europe qui les avait tolérées autrefois, en avait été punie et avait connu une décadence méritée. Elles se rappelaient toutes deux, les coups de règles reçus par celles qui osaient regarder leurs compagnes d'une manière trop indiscrète. Fixer les décolletés vertigineux exigés par la mode ou les cuisses découvertes par la taille minuscule des jupes de leurs uniformes constituait l'infraction la plus courante et toutes deux, adolescentes, y avaient plusieurs fois succombé. Jeanne chercha sa réponse. "Il ne me semble pas logique, dans ce monde dans lequel il n'y a que des femmes de continuer à considérer l'amour d'une autre femme comme interdit". Heather réfléchit puis elle acquiesça. Cependant, elle ne se décidait pas. Jeanne reprit la parole "Peut-être que je ne t'attire pas... " Elle tremblait en attendant la réponse ; mais elle était prête à renoncer sans trop de chagrin. Elle aimait Lisaelle qui la comblait. Elle demanderait à Gudrun de transmettre le Don, ce qui serait sans doute plus rapide. Heather parla d'une voix douce "Il y a deux choses qui me retiennent. Je ne voudrais pas que tu trahisses Lisaelle pour moi ; et puis cela me déplairait de me donner à toi si tu ne me prenais que par obligation." Une émotion intense s'empara de Jeanne. Elle attira Heather vers elle et l'embrassa avec passion. Très vite, l'Anglaise se livra à se baiser. Jeanne lui souffla à l'oreille "J'ai envie de toi" et l'entraîna vers sa chambre. Elles s'assirent sur le lit sans cesser de s'embrasser.

C'était entre Jeanne et Heather, un moment qu'elles avaient attendu longtemps sans le savoir. Elles étaient assises sur le lit, se tenant l'une l'autre dans une étreinte sensuelle, leurs lèvres se rencontraient dans un baiser passionné. Elles étaient aussi timides l'une que l'autre, mais chacun de leurs gestes maladroits augmentait le désir qui peu à peu s'emparait d'elles. Leurs cœurs trottaient alors qu'elles se regardaient dans les yeux avec une intensité qui en disait long. Elles se tenaient la main, se caressaient les cheveux, s'embrassaient, mais aucune n'osait pour l'instant aller plus loin.

Chaque centimètre carré de leurs peaux devenues brûlantes d'anticipation les aimantait l'une vers l'autre. Leurs mamelons étaient érigés, pressant contre le tissu fin de leurs t-shirts blancs. La forme de leurs seins se modelait à travers le tissu qui ne cachait plus grand-chose, et cela ne faisait qu'accroître leur désir. Leurs respirations devenaient courtes et rapides, et elles pouvaient sentir la chaleur de l'autre à travers leurs vêtements. Elles avaient envie de se toucher, de se sentir plus près l'une de l'autre, mais leur timidité les retenait encore. Jeanne baissa les yeux et remarqua la tache sombre qui envahissait le short blanc d'Heather. Elle ne put s'empêcher de sourire en réalisant ce que cela signifiait. Elle n'osait pas regarder le sien dont l'état devait être pire tellement elle était humide. Heather suivit le regard de Jeanne et constata avec embarras ce qui lui arrivait. Elle devint rouge comme une pivoine, se sentant soudainement gênée et vulnérable. Jeanne la regarda avec tendresse, comprenant ce qu'Heather ressentait. Elle comprit qu'il ne fallait plus tarder à prendre les choses en main. Elle allongea Heather sur le lit, s'allongea à côté d'elle puis glissa sa main dans le short de sa compagne. Heather frissonna au contact de la main de Jeanne sur sa peau nue, mais elle ne résista pas. Elle ferma les yeux et se laissa aller, se sentant en sécurité. Jeanne commença à caresser doucement Heather, explorant son corps avec tendresse Dès la première caresse de Jeanne, Heather se mit à soupirer Les doigts de Jeanne exploraient son corps avec douceur et curiosité, découvrant chaque recoin et chaque courbe. Heather pouvait sentir la chaleur et l'humidité grandir encore entre ses jambes. Elle frémissait de plaisir, se sentant toujours plus douce et offerte. Jeanne continuait à l'embrasser passionnément, leurs langues s'entrelacèrent sensuellement alors que leurs corps se pressaient l'un contre l'autre. Elle pouvait sentir l'excitation d'Heather s'emparer d'elle jusqu'à la faire trembler, et cela ne fit qu'accroître sa propre ardeur. Jeanne n'y tint plus et déshabilla Heather, découvrant sa peau laiteuse constellée de taches de rousseur et ses seins si voluptueux. Elle admira le corps d'Heather avec émerveillement, se sentant bénie de pouvoir la toucher et la découvrir de cette façon. Heather rougit sous le regard de Jeanne, se sentant un peu gênée d'être ainsi exposée, mais en même temps excitée par le désir qu'elle voyait dans les yeux de Jeanne. Jeanne déposa des baisers ardents sur le corps d'Heather, laissant ses lèvres et sa langue explorer chaque centimètre de sa peau. Elle suça doucement ses mamelons si roses, les faisant durcir sous sa langue. Heather soupirait de plaisir, se sentant prête à exploser de désir. Elle s'offrait à chacune de ces caresses délicieuses. Jeanne continuait à explorer le corps d'Heather, descendant lentement vers son entrejambe, où elle pouvait sentir la chaleur et l'humidité d'Heather l'appeler. Elle voulait faire plaisir à Heather, lui montrer à quel point elle l'aimait et la désirait. Jeanne embrassa la fente d'Heather avec douceur, sentant la chaleur et l'humidité de sa vulve déjà luisante. Elle commença à la lécher tendrement, explorant chaque pli et chaque recoin avec sa langue. Heather gémit de plaisir, son corps vibrant d'une envie insoutenable. Elle se cambra sous les caresses de Jeanne. Son amante s'arrêta, figée dans une contemplation muette. Heather profita de ce répit pour retourner la situation, elle saisit les bras de Jeanne et la jeta sur son dos. Elle se sentait soudain forte et confiante, prête à prendre le contrôle et à dominer sa partenaire. Elle se mit à califourchon sur Jeanne, la regardant avec un sourire coquin. Heather couvrit Jeanne de baisers passionnés. Puis, elle descendit progressivement vers le cou de Jeanne, embrassant et suçant sa peau douce. La voix fluette de Jeanne se fit entendre en une plainte ravissante. Heather continuait, explorant le corps de son amante avec sa bouche et ses mains. Elle voulait lui faire plaisir, lui montrer à quel point elle l'aimait et la désirait. Sans hésiter, elle posa ses lèvres sur l'intimité de Jeanne, attirée par la beauté de cette petite vulve humide qu'elle devinait si sensible. Elle la caressa délicatement avec sa langue, découvrant ses lèvres rose clair. Jeanne se tordait de plaisir, sentant son corps réagir à chaque contact. Heather devenait plus hardie dans son exploration, sa langue jouait avec son bourgeon durci, faisant palpiter son ventre de bonheur. Jeanne se sentait perdue dans le plaisir, ne sachant plus où elle se trouvait, ne sachant plus qui elle était. Elle se tentait de se concentrer sur sa respiration, essayant de calmer son corps tout entier tendu vers l'orgasme qui menaçait. Elle devait résister, ne pas se laisser emporter à la vague à laquelle elle brûlait de se donner. Elle parvint in extremis à se retenir, à arrêter Heather puis à la mettre sur le dos et se coucha contre elle. Leurs corps nus frémissaient de désir. Jeanne se frotta d'abord doucement, mais bientôt, elle chevaucha Heather, pressant frénétiquement sa fente contre celle de l'Anglaise. Jeanne et Heather tremblaient folles de passion. Rien désormais n'aurait pu les retenir. Elles étouffaient de plaisir alors que leurs corps se caressaient l'un contre l'autre. Il semblait à chacune qu'elle pouvait sentir le clitoris de l'autre tout contre le sien. L'orgasme les ravit ensemble, les emmenant loin de leurs corps. Elles étaient transportées simultanément dans un autre monde, le monde de la passion avec laquelle elles ne faisaient qu'une. Elles crièrent de plaisir alors que les tremblements de l'extase les secouaient, leur corps pris de spasmes se serraient à en mourir. Finalement, elles retombèrent sur le lit, épuisées, mais heureuses, se serrant l'une contre l'autre avec amour.

Une larme glissait le long de la joue de Jeanne qui lisait dans l'esprit d'Heather des souvenirs de douleur, de coups, la tentative de viol qu'elle avait dû subir. Elle pleurait de compassion et de rage contre ceux qui avaient blessé celle que désormais, elle aimerait plus qu'elle-même. Elle serra Heather dans ses bras, lui murmurant des mots d'amour et de réconfort, essayant de guérir ses blessures avec toute la tendresse qu'elle portait en elle. Celle-ci se sentait enfin aimée et protégée, comme si rien ne pouvait lui arriver tant qu'elle était avec Jeanne. Elle savait maintenant que sa Française l'aimait, et cela la remplissait de bonheur et de gratitude. Se tenant par la main, elles allèrent rejoindre les autres. Gudrun les accueillit avec un sourire ironique et malheureux. Elle se sentait de trop. Bien sûr, elle était heureuse du lien que Jeanne et Heather avait construit ; mais elle pensait que dorénavant les choses ne seraient plus comme avant. Elles étaient trois amies ; à présent deux d'entre elles formaient un couple. Elle essaya de cacher sa tristesse et de faire bonne figure, mais c'était difficile. Comme il était avantageux d'être télépathe ; sans un mot Jeanne et Heather se comprirent. Il fallait inclure Gudrun et rétablir le lien qu'elles avaient toutes les trois. D'ailleurs, l'Allemande n'avait jamais fait mystère de son homosexualité et, elle diffuserait le Don mieux que personne. Jeanne consulta Lisaelle qui lui confirma que c'était ce qu'il fallait faire. Beaucoup moins sentimentale qu'Heather, Gudrun n'attendait pas que l'on tombe amoureuse d'elle. Il suffisait de la désirer. Ce n'était pas difficile, bien que musclée et sportive, Gudrun était très attirante. Elles prirent chacune une main. Gudrun, Heather et Jeanne se retrouvèrent dans la chambre et se déshabillèrent. Elles se regardèrent avec admiration et désir, se sentant belles et désirables l'une pour l'autre. Elles se rapprochèrent lentement, se touchant et se caressant avec douceur et tendresse. Elles voulaient explorer leurs corps et leurs désirs ensemble, se donner du plaisir et de l'amour. Lisaelle avait expliqué que maintenant qu'Heather et Jeanne étaient connectées, il suffisait que Gudrun partage un orgasme avec l'une d'entre elles pour partager leur lien. Elle se rapprocha d'Heather et commença à la caresser, sentant son corps réagir à ses touchers. Heather tressaillit de plaisir et se laissa aller à la douceur de ses caresses. Elle se sentait de plus en plus excitée alors qu'elle caressait Heather, sentant son propre corps réagir à chaque plainte. Jeanne caressait ses deux amies avec douceur et tendresse, explorant leurs corps et leurs désirs avec passion. Elle voulait leur donner une volupté tendre, les faire se sentir aimées et désirées. Gudrun et Heather pressaient l'un contre l'autre leurs sexes trempés, se frottant et se caressant avec passion. Jeanne embrassait et caressait leurs seins, sentant leurs tétons durcir sous ses doigts. Elle ressentait le plaisir d'Heather comme si c'était le sien, comme si elles ne faisaient qu'une. Elle sentait son propre corps réagir à chaque soupir de plaisir d'Heather, se sentant de plus en plus excitée alors qu'elle continuait à la caresser. Lorsque ses amies furent emportées par un orgasme violent, Jeanne fut ravie avec elles. Elle sentait son corps se contracter et exploser en spasmes, elle se joignit à leurs cris d'amour. Les trois amies ne faisaient plus qu'une. Gudrun, bien qu'expérimentée était suffoquée par l'intensité de leur extase. Heather et Jeanne sourirent lorsqu'elles lurent dans son esprit, son intention d'aller séduire une ou deux jeunes femmes de la colonie pour comme elle disait "revivre ça !" Gudrun se leva, laissant ses deux amantes qui s'endormirent en se serrant l'une contre l'autre. Elle les regarda avec tendresse et amour, se sentant chanceuse de les avoir dans sa vie. Elle savait qu'elles étaient connectées pour toujours maintenant, et cela la remplissait de bonheur et de gratitude. Elle quitta la chambre en silence, leur laissant le repos qu'elles méritaient après cet intense moment d'érotisme et de passion. Elle se sentait heureuse et comblée, sachant qu'elle avait trouvé sa place dans cette nouvelle dynamique. Cette nuit-là, après Heather et Jeanne, elle eut trois amantes. Il y eut tout d'abord Giulietta, une Italienne de dix-neuf ans. Giulietta était une jeune femme magnifique, avec de longs cheveux bruns qui encadraient son visage en cascade. Ses yeux noisette brillaient de désir et de curiosité, et ses lèvres pulpeuses et rouges étaient toujours prêtes à sourire ou à embrasser. Elle avait un corps fin et élancé, avec de petits seins fermes et un ventre plat. Ses jambes étaient longues et musclées, et elle se déplaçait avec grâce et élégance. Gudrun la séduisit avec facilité, lui montrant tout ce qu'elle avait appris avec Heather et Jeanne. Giulietta fut ravie et émerveillée par les sensations et les plaisirs qu'elles découvrirent ensemble. Puis, il y eut Sylvie, dix-huit ans, française comme Jeanne. Elle était belle et séduisante, avec de longs cheveux blonds et des yeux bleus qui brillaient de malice. Elle avait un corps fin et élancé, avec de petits seins fermes et des hanches étroites. Sa peau était douce et lisse, avec quelques taches de rousseur qui ajoutaient à son charme. Gudrun savait qu'elle voulait la séduire et la faire sienne, lui montrer tout ce qu'elle avait appris avec Heather et Jeanne. Et elle y parvint avec facilité, Sylvie étant plus que ravie de découvrir de nouveaux plaisirs avec elle. Siobhan rayonnait d'une sensualité naturelle, captivante dès le premier regard. Sa silhouette svelte suggérait la souplesse d'une danseuse, chaque mouvement empreint d'une grâce qui ne manquait pas de séduire. Ses cheveux roux, tombant en cascades lumineuses, encadraient un visage sur lequel les taches de rousseur jouaient à cache-cache avec sa peau diaphane, lui conférant un charme irrésistible. Ses yeux verts, étincelants de malice, promettaient des mondes de mystère et d'aventure, tandis que ses lèvres, d'un délicat rouge, invitaient aux confidences les plus intimes. Gudrun la séduisit sans difficulté ; puis elle alla dormir en se promettant de continuer son exploration du camp. Dans une semaine, la plupart des jeunes femmes auraient reçu le Don.

Chapitre 4: Hye-jin

Cette nuit-là, Jeanne dormait avec Lisaelle. Ni l'elfe, ni Heather n'étaient jalouses l'une de l'autre. Heather lisait dans l'esprit de Jeanne et connaissait la valeur de ses sentiments. Jeanne se reposait paisiblement, soudain, elle posa un cri qui réveilla Lisaelle. Elle était tremblante et en sueur. Elle sortait d'un cauchemar "Dans mon rêve, je voyais les vaisseaux de Nouvelles Chines arriver dans le ciel d'Hératis, remplis de combattantes prêtes à coloniser la planète. Elles étaient toutes habillées de combinaisons spatiales noires et argentées, leurs visages cachés derrière des casques protecteurs. Les Terriennes étaient armées de fusils laser et de grenades, prêtes à affronter tous les dangers qui se présenteraient à elles. *Nouvelles Chines* les avait envoyées pour prendre possession de la planète. Je voyais d'immenses vaisseaux atterrir un à un dans la plaine, soulevant des nuages de poussière et de débris. Des combattantes en sortirent, leurs armes à la main, prêtes à affronter tout ce qui se mettrait en travers de leur chemin. Elles étaient disciplinées et organisées, se déplaçant avec précision et efficacité par bataillons d'une cinquantaine. *Nouvelles Chines* avait compris que sur cette planète, il ne fallait envoyer que des femmes. Elles étaient prêtes, venues pour conquérir, et rien ne semblait pouvoir les arrêter. Il y avait une bataille sanglante entre les combattantes de Nouvelles Chines et les elfes d'Hératis, de nombreux sacrifices, de nombreuses mortes. Les Terriennes employaient des pistolets laser qui brûlaient tout sur leur passage, détruisant les arbres et les maisons des elfes. Les Elendari, armées seulement de leurs arcs et de leurs flèches, ne pouvaient rien faire contre cette technologie supérieure. Elles étaient impuissantes et terrorisées, sachant qu'elles ne pourraient pas résister longtemps. Les combattantes les poursuivaient dans la forêt, tuant toutes les elfes qui tentaient de se mettre en travers de leur chemin. Les Elendari tombaient les unes après les autres, leurs corps ensanglantés jonchant le sol. Les cris de douleur et de désespoir résonnaient dans la forêt, remplissant l'air de terreur. Vos cheffes se présentèrent alors nues, une corde au cou pour implorer la mansuétude des conquérantes. Je compris à ce moment-là, les Elfes étaient la ressource que les Terriennes étaient venues conquérir. Les combattantes de Nouvelles Chines capturèrent les survivantes d'Hératis, les attachant avec des menottes électroniques et les emmenant dans leurs vaisseaux. Elles étaient nues, exposées et humiliées, traitées comme les esclaves qu'elles allaient devenir. À bord, elles étaient maltraitées et violées, offertes aux membres masculins de l'équipage qui ne s'étaient pas risqués sur la planète. Je voyais qu'on les emmenait dans ces vaisseaux glacials, loin de leur maison et de leur famille. Les plus jeunes pleuraient et criaient, suppliant qu'on les laisse partir. Mais *Nouvelles Chines* voulait les dividendes de sa conquête et restait impitoyable. Les vaisseaux partaient pour vendre les Elendari aux maisons de plaisir de leurs planètes minières sur lesquelles la vie était si difficiles. Elles seraient offertes aux colons afin de les calmer et de mieux les contrôler. Elles deviendraient des esclaves sexuelles. La compagnie se justifierait en arguant qu'elles n'étaient pas humaines. Puis des années plus tard, il y aurait d'immenses maisons sur Hératis, dans lesquelles *Nouvelles Chines* élèverait des Elendari pour alimenter leurs traites. Les Elendari seraient enfermées dans des cages, nourries et soignées juste assez pour rester en vie. Elles seraient traitées comme du bétail, sans aucun droit ni aucune dignité. Des spécialistes venues de la Terre choisiraient les plus belles et les plus fortes. *Nouvelles Chines* deviendrait de plus en plus riche et puissante, grâce à ce commerce ignoble. De plus en plus de maisons sur Hératis seraient établies. Bientôt, Hératis deviendrait la planète-esclave de Nouvelle Chine, la planète des femmes soumises, devenues objet de plaisir " Lisaelle plongea dans l'esprit de Jeanne, fermant les yeux de longues minutes puis elle lui prit la main avec tendresse "Ce n'est pas un rêve ma chérie, c'est une vision. Tu es clairvoyante. Tu lis et tu comprends l'avenir. Ou si tu préfères, tu es une prophétesse. Mon peuple révère celles qui ont un don semblable au tien." Jeanne frémit, bouleversée par ce qu'elle venait d'apprendre. "Mais alors, ce que je viens de voir, cela arrivera ?" Lisaelle lui expliqua qu'elle pouvait s'emparer de sa vision, l'explorer, la manipuler et découvrir ainsi ce qui était possible et ce qui ne l'était pas. Jeanne s'exerça et découvrit donc qu'il existait une autre possibilité qui semblait grandir. Nouvelle Chine ne retrouvait jamais ni Hératis, ni le vaisseau et le monde de Lisaelle conservait sa liberté. Comment faire pour développer cette possibilité ? Jeanne chercha la racine des événements qu'elle prévoyait. Tout commençait dans deux semaines. L'ingénieure coréenne Kang Hye-jin trouvait le moyen de réparer les systèmes de communication du vaisseau. Jeanne se souvint de la première fois qu'elle avait vu Kang Hye-jin. Elle l'avait remarquée parmi les autres membres de l'équipage, avec ses cheveux noirs et ses yeux en amande. Elle l'avait trouvée très belle, et elle avait été impressionnée par son intelligence et sa détermination. Après quelques essais, elle parvenait à envoyer un signal à travers le trou de ver que l'on avait formé pour venir ici avant qu'il ne se referme. Le signal contenait sans doute les coordonnées d'Hératis. Six mois plus tard, un vaisseau terrien faisait son apparition dans le ciel. Il fallait absolument empêcher Kang Hye-jin, l'ingénieure coréenne de réussir.

Il n'était pas souhaitable et c'était certainement impossible d'employer la violence pour réussir. On ne pouvait pas attaquer le vaisseau et endommager ses moyens de communication ou enlever contre son gré, la Coréenne. Il faudrait agir de manière plus subtile. Il était donc nécessaire de s'infiltrer dans le vaisseau pour parvenir à la contacter, mais toute Terrienne qui tenterait l'aventure serait tuée par l'équipage. Chacune d'entre elles était considérée comme une rebelle qui méritait d'être punie. Il fallait se rendre à l'évidence, Lisaelle était la seule à même d'accomplir cette mission. Elle devrait entrer en contact avec l'équipage, se faire inviter dans le vaisseau, prendre contact avec l'ingénieure Kang Hye-jin et la convaincre du danger que représentaient ses recherches ou bien la séduire et trouver avec elle un moyen de s'échapper du vaisseau. Lisaelle, contrairement aux terriennes, n'était pas connue de l'équipage. Elle pourrait se présenter à eux et tenter d'utiliser son charme et ses pouvoirs magiques pour convaincre Kang Hye-jin. Lisaelle accepta la mission, en dépit des dangers qu'elle anticipait. Elle était déterminée à protéger son monde, ses sœurs Elendari, ses filles à naître. Elle se présenta à l'équipage du vaisseau, et ils furent intrigués par sa présence. Ils lui demandèrent si elle acceptait de monter dans le vaisseau afin qu'ils puissent l'"étudier". Jeanne suivait mentalement Lisaelle dès son arrivée dans le vaisseau, elle était maintenant vulnérable et effrayée. Jeanne faisait de son mieux pour la rassurer. Mais soudain, elle perdit conscience. Jeanne la retrouva, terrifiée alors qu'elle se réveillait menottée sur un lit de l'infirmerie du vaisseau. On lui avait ôté tous ses vêtements. Elle ne comprenait pas ce qu'elle faisait là, et elle avait peur de ce qu'on lui voulait. Jeanne tenta de la rassurer en lui expliquant qu'elle subissait probablement une sorte de visite médicale. Elle vit des gardes autour d'elle, et elle comprit qu'elle était en danger. Elle essayait de se libérer, mais les menottes étaient trop solides. Elle essayait de crier, mais personne ne l'entendait. Elle était seule et impuissante, à la merci de l'équipage. Elles s'approchèrent d'elle et lui prirent du sang, des cheveux et de la salive. Lisaelle ne comprenait pas ce qu'elles lui voulaient, et malgré la voix douce de Jeanne, dans sa tête, elle avait peur de ce qu'elles pourraient lui faire. Elle ne put rien faire d'autre que subir leurs prélèvements. Lisaelle poussa un cri de surprise lorsqu'une infirmière s'approcha d'elle avec deux petites boules dans les mains. Elle ne savait pas ce que c'était, Jeanne ne comprenait pas non plus ou ne voulait pas dire ce qu'elle comprenait. Mais l'infirmière humecta l'objet puis caressa avec douceur sa vulve que rien ne protégeait. Elle ne savait pas résister à de telles caresses, ne savait pas comment empêcher son entrejambe de devenir humide et son clitoris de gonfler avec impudeur. L'infirmière se faisait plus douce. Elle pressa l'objet contre ses lèvres après les boules glissèrent sans effort dans son sexe moite et se mirent à vibrer, Lisaelle ne pouvait contenir l'excitation qui s'emparait d'elle. Elle essayait de résister, car la situation lui semblait étrange et inappropriée, mais ce qu'elle ressentait devenait trop intense. Les vibrations la stimulaient de façon incroyable, et rapidement, elle ne put s'empêcher de gémir de plaisir. Elle se sentait honteuse et impudique, mais elle ne pouvait pas s'arrêter. Elle était à la merci de ses vibrations diaboliques, et elle ne pouvait rien faire d'autre que perdre le contrôle. Lorsque l'orgasme la submergea, Lisaelle ne put retenir un cri de plaisir. C'était violent et intense, et elle était incapable de faire autre chose que se laisser emporter par les vagues de plaisir. Jeanne comprit : on avait prélevé ses sécrétions les plus intimes. L'équipage cherchait encore un moyen de permettre aux hommes de sortir du vaisseau. Mais leurs tentatives furent infructueuses. Cependant, Lisaelle ne portait pas de maladies dangereuses pour l'équipage. Alors, on défit enfin ses menottes et elle fut autorisée à circuler dans le vaisseau. L'Elendari était soulagée d'avoir quitté l'espace si étroit de l'infirmerie. Elle ne savait pas ce qu'on pourrait lui vouloir encore, et elle n'était pas complètement rassurée malgré la présence et la voix de Jeanne. Mais au moins, elle n'était plus menottée et nue sur un lit. Elle pouvait se déplacer librement dans le vaisseau, et elle espérait trouver Hye-jin pour accomplir sa mission. Malheureusement, elle erra de longues heures sans la voir. Elle ne l'aperçut que le surlendemain. L'ingénieure était débordée. Lisaelle la suivit discrètement pour la trouver accablée de travail dans un bureau étroit. Lisaelle, attentive à cette sorte de détails, se rendit compte qu'Hye-jin avait faim, mais que personne n'avait eu la délicatesse de s'en rendre compte et de lui apporter de quoi se restaurer. Elle savait que c'était une bonne opportunité pour essayer de lui parler, et elle décida donc de lui trouver quelque chose à manger. Elle se faufila dans la cuisine du vaisseau et trouva de quoi préparer un en-cas. Elle le ramena à Hye-jin et lui expliqua que c'était pour elle. Hye-jin fut surprise et reconnaissante, et elle accepta de manger le sandwich. En rougissant, elle avoua qu'elle était très gourmande et la supplia de trouver pour elle quelque chose de sucré. Cette "mission" n'était pas si facile à accomplir, et il fallut bien du talent et du temps pour trouver ce qu'elle désirait. Quand, enfin, elle retrouva la Coréenne ; celle-ci s'était endormie sur son bureau. Avec une infinie douceur, Lisaelle la transporta sur son lit puis la recouvrit d'une couverture. Elle resta pour veiller sur son sommeil. Hye-jin rouvrit les yeux. Son visage s'illumina d'un sourire lorsqu'elle constata que Lisaelle était restée. Jamais, depuis des mois, personne ne lui avait prêté autant d'attention. Elle mangea le gâteau avec appétit. Depuis des mois, Hye-jin s'était oubliée, s'était sacrifiée à son travail. En regardant l'Elendari, elle la trouva belle et désirable. Lisaelle remarqua dans les pupilles d'Hye-jin l'étincelle du désir. Elle fut surprise et flattée, la séduire ne serait pas si difficile. Lisaelle défit sa robe qui glissa sur le sol. Les femmes asiatiques n'avaient pas subi l'éducation contraignante des Européennes. Hye-jin fut émerveillée par la beauté de Lisaelle lorsqu'elle vit l'elfe nue pour la première fois. Elle l'attira vers elle et l'embrassa avec passion. Lisaelle répondit à son baiser avec ardeur, et elles se laissèrent emporter par leurs désirs. En posant les yeux sur le corps dénudé de Hye-jin, Lisaelle fut émue par sa grâce. Elle avait une poitrine ferme et des courbes gracieuses, et sa peau était douce et lisse. Elle ne put résister à l'envie de l'embrasser, et Hye-jin répondit à son baiser avec passion. Les deux jeunes femmes, follement excitées, se serrèrent l'une contre l'autre ; elles tremblaient de désir. Leurs lèvres et leurs sexes s'embrassaient avec passion, et elles étouffaient leurs gémissements pour éviter d'alerter l'équipage. Elles étaient perdues dans les bras l'une de l'autre, et elles ne pensaient qu'à leur plaisir mutuel. Soudain, le plaisir s'empara d'elles, comme elles ne pouvaient crier, elles furent secouées pendant un long moment pas les spasmes violents qui les enivraient. Les sensations de chacune étaient incendiées par les tremblements de l'autre. Ils leur semblaient que ce moment hors du temps ne finirait jamais. Hye-jin fut surprise, Lisaelle lui avait transmis le Don. Elle voyait maintenant dans son esprit. Elle vit son enfance, son village, ce monde qu'elle habitait. Puis Lisaelle lui donna à voir la vision de Jeanne. En voyant la vision de Jeanne, Hye-jin fut choquée et effrayée. Elle ressentit un profond sentiment de terreur et d'impuissance en voyant les combattantes de Nouvelles Chines capturer les Elendari et les emmener dans leurs vaisseaux. Elle décida alors de s'enfuir afin de ne pas réparer les systèmes de communication du vaisseau, car cela attirerait les combattantes de Nouvelles Chines sur Hératis. Elle sentit son cœur se serrer de pitié en voyant des elfes aussi belles et désirables que Lisaelle devenir esclaves, et elle savait qu'elle devait tout faire pour empêcher cela. Elle laissa Lisaelle lire dans son esprit. Elle était coréenne, et elle avait remarqué que certains de l'équipage la méprisaient en raison de cela. Ils la considéraient comme inférieure, et ils ne lui accordaient aucun respect. Cela la blessait profondément, et elle avait du mal à supporter leur mépris. Le commandant du vaisseau abusait d'elle depuis des jours, et il ne lui témoignait aucune tendresse. Il la considérait comme un objet, et il ne se souciait pas de ses sentiments. Elle devait assouvir ses exigences sexuelles et endurer ses maltraitances sans mot dire Cela la blessait profondément, ces abus l'avaient jetée dans une sorte de dépression. Lisaelle et Hye-jin se regardèrent, et comprirent qu'elles devaient trouver le moyen de fuir le vaisseau. Hye-jin pourrait provoquer un court-circuit qui éteindrait les systèmes de surveillance pendant quinze minutes. Elle connaissait le moyen d'ouvrir la grande porte, ensuite, elles pourraient s'enfuir ensemble. Toutes les deux déterminées à agir, elles savaient qu'elles devaient être rapides. Elles se mirent au travail, et elles réussirent à provoquer le court-circuit. Les systèmes de surveillance s'éteignirent, et les deux jeunes femmes se précipitèrent vers la grande porte. Des gardes étaient sur leurs talons. Hors d'haleine, elles sprintèrent à travers la clairière. Il y eut un tir qui atteint Hye-jin à l'épaule la faisant hurler de douleur. Mais d'autres tirs lui répondirent. Jeanne avait prévu ce qui allait arriver et dépêché plusieurs de ses compagnes pour les protéger. La douleur de l'ingénieure était intense. Le tir du pistolet laser semblait avoir broyé son épaule. On l'amena auprès d'une jeune femme blonde qui avait des notions médicales. Les Terriennes révoltées paraissaient toutes être devenues télépathes. Elles remerciaient la nouvelle venue mentalement pour avoir osé s'enfuir et protéger Hératis, elles la réconfortaient et l'entouraient de leur affection. Gudrun retira son vêtement, maculé de sang. Alors qu'elle ouvrait sa petite pharmacie de campagne, elle eut comme une inspiration. Elle plaça sa main à deux centimètres environ de la blessure de Hye-jin. Celle-ci ressentit d'abord une chaleur bienfaisante. Puis, elle sentit le mouvement lent des os, des nerfs, des tendons qui reprenaient forme, se reconstituaient. Gudrun s'était mentalement absentée dans une sorte de transe, sa main tremblait légèrement sous l'effort. Au bout de longues minutes, elle la laissa retomber, épuisée. L'épaule de Hye-jin était complètement guérie. Gudrun lui murmura "Tu es enceinte."

Chapitre 5: les Anciennes d'Ekkaal

Elle fut aussi surprise et aussi heureuse que Jeanne en l'apprenant. Désormais, elle avait choisi Hératis et cette naissance attendue était porteuse de tous ses espoirs. Comme Jeanne et comme Gudrun, toutes les Terriennes découvraient peu à peu, ce qu'elles appelaient leurs "pouvoirs magiques". Plusieurs maîtrisaient la matière et pouvaient soulever sans effort les objets les plus lourds. D'autres pouvaient communiquer avec les animaux et même parfois, voir par leurs yeux. Quelques-unes comme Gudrun avaient le pouvoir de guérir les blessures. Heather maîtrisait le feu et pouvait l'allumer ou l'éteindre en fixant sa cible par sa seule volonté. D'autre encore pouvaient créer toutes sortes d'illusion. Irina, une Russe, pouvait se rendre invisible. Mais, Jeanne était la seule qui pouvait voir l'avenir. Il se présentait à elle sous la forme d'une vision qui la visitait d'abord dans ses rêves puis la hantait jusqu'à ce qu'elle soit parvenue à la faire disparaître. Ainsi, il y eut une autre vision. Ekkaal, le village de Lisaelle, était attaqué par une horde de Nayks décidées à lui faire payer la mort de l'une des leurs. Une cinquantaine d'arachnides géants se précipitaient sur les villageoises et les déchiraient de leurs mandibules. Le village mourrait dans un crépuscule de sang. Jeanne réunit ses compagnes et partagea sa vision. Il fallait intervenir. Les Terriennes, et elle en particulier, étaient responsables de ce qui allait arriver. Jeanne parvint, non sans difficulté à convaincre. Sans les Elendari, les Terriennes ne pourraient survivre que quelques dizaines d'années sur Hératis. Maintenant, que tout contact avec la Terre était coupé pour de bon, il leur fallait une descendance et seules les Elendari pouvaient leur faire ce don. C'était logique et c'était vrai. Si elles voulaient survivre, elles ne pouvaient rester en dehors de ce monde.

La vision de Jeanne se précisait. À présent que les Terriennes avaient décidé d'aider le village ; la défaite des Nayks et la libération du village devenait un avenir possible. Contrairement aux Elendari, les humaines résistaient naturellement aux tentatives d'invasion psychique. Les arachnides ne pourraient donc pas lire leurs pensées et anticiper leurs réactions. En étant très mobiles, il serait possible de les vaincre. Il fallait tout d'abord que les villageoises construisent un rempart pour se défendre. Lisaelle dut se résoudre à se montrer vivante. Elle savait qu'elle serait mal accueillie, mais il fallait, pour leur propre bien convaincre les Elendari. Jeanne et Lisaelle se rendirent donc main dans la main à Ekkaal. Quand elles arrivèrent, des cris de surprise et de colère retentirent. Comment Lisaelle osait-elle se présenter vivante ? Tout de suite, elles furent entourées de gardes et enchaînées. Puis, on les traîna devant le conseil des anciennes. Les cinq elfes les plus âgées du village siégeait là. La première, Elenya, se tenait avec une allure souveraine, ses cheveux d'un gris lumineux tombant en cascade sur ses épaules. Ses yeux, vastes et clairs, brillaient d'une curiosité qui défiait les âges ; son regard se porta bien sûr vers Jeanne et sa curieuse apparence. Malgré sa sérénité, une fermeté sous-jacente rappelait qu'elle avait été témoin de trop d'histoires pour tolérer que l'on viole sans raison les règles sacrées d'Ekkaal. À ses côtés, Lirea, dont les cheveux avaient la couleur des aubes glacées de l'hiver, possédait un regard empli de compassion et de compréhension. La douceur de son visage était le reflet d'un cœur ayant aimé profondément et perdu tout autant. Elle personnifiait l'empathie, tout le monde l'aimait parce qu'elle percevait les non-dits et réconfortait, sans se lasser, les âmes en peine. Talindë, la troisième ancienne, avait des cheveux d'un blond éclatant, contrastant avec la profondeur abyssale de ses yeux. En elle résidait une force tranquille, depuis toujours, elle était le socle sur lequel le village s'appuyait lorsque les temps devenaient difficiles. Son caractère stoïque cachait une passion brûlante pour la protection de son peuple et de la nature environnante. Penryn, avec ses cheveux d'argent flottant librement, avait vécu une longue vie consacrée à l'art et à l'innovation. Son regard pétillant trahissait une malice et une créativité qui n'avaient jamais failli, même face aux épreuves du temps. Elle voyait le monde avec une perspective unique, trouvant la beauté dans l'imperfection et l'éphémère. Enfin, Myrthil, dont les mèches blanches semblaient irradier une lumière propre, était l'incarnation de la sagesse ancienne. Ses yeux, profonds et sereins, avaient contemplé l'évolution du monde avec une patience infinie. Elle représentait l'équilibre et la réflexion, offrant des conseils mesurés qui puisaient dans les eaux profondes de l'expérience et de la connaissance ancestrale.

Se soumettant au rituel, Lisaelle s'agenouilla et ouvrit son esprit que les Anciennes examinèrent sans un mot. Elles reconnurent que la jeune elfe n'avait pas fui le sacrifice, mais été sauvée de l'arachnide par Jeanne qui était devenue son amante. Lisaelle était pure, mais Jeanne, en lui épargnant une mort cruelle avait déclenché une crise aux conséquences qui pouvaient être tragiques. Les Nayks, araignées géantes, étaient sans doute dévorées de colère. Talindë maudissait Jeanne ; mais Lireal la bénissait pour avoir sauvé l'une de leurs enfants. Les autres demeuraient hésitantes. Jeanne s'agenouilla alors et offrit aussi son esprit pour que l'on puisse y lire. Les elfes y découvrirent les souvenirs de la Terre, ce monde étrange d'où elle venait ; son courage et son empathie la portant au secours de Lisaelle, sans réflexion ; la force du lien physique et télépathique qui les unissait désormais. Enfin, elles lurent leur avenir. Avec surprise, elles constatèrent la puissance et la clarté Don de la Terrienne. Aucune ancienne ne lisait l'avenir aussi bien qu'elle, aucune n'était capable de le modeler et de le remodeler aussi bien que Jeanne pour y découvrir ce qu'il fallait faire. Myrthil prit enfin la parole. "La Déesse Hératis a voulu que tu vives, Lisaelle, afin de rencontrer ces étrangères qui nous aideront à vaincre les Nayks." Les Anciennes demandèrent à Jeanne, avec gentillesse, cette fois, si elle voulait bien laisser son esprit ouvert afin qu'elles y apprennent les détails de la stratégie qu'il faudrait mettre en place pour vaincre les araignées. Jeanne obéit avec bonne volonté. C'est alors que Penryn, l'ancienne aux yeux pétillants d'intelligence et au sourire espiègle, laissa échapper une exclamation qui brisa le silence sacré. "Par les Filles d'Hératis, elle porte l'enfant de Lisaelle !" Sa voix, mêlée d'étonnement et de joie, résonna dans la salle, suspendant le temps autour des présentes. On lui demanda si elle avait pu lire l'avenir de cet enfant. Cependant, Jeanne se trouvait face à une limite inattendue de son don unique. Lorsqu'il s'agissait de son propre avenir, ou de celui de l'enfant qu'elle portait, ses visions se trouvaient obscurcies par un voile impénétrable, une brume d'émotions personnelles trop denses pour être traversée. "C'est étrange," avoua Jeanne, sa voix teintée d'une vulnérabilité rare. "Quand je cherche à voir notre futur, le mien et celui de notre enfant, c'est comme si mon propre cœur se dressait en barrière. Mes sentiments, mes espoirs... Éclipsent la lumière de la prédiction." Myrthil se concentra durant de longues minutes. Hélas, elle ne pouvait pas même entrevoir cet avenir. Le temps était aussi clos que le ventre de la Terrienne. "Je sais que tu veux garder l'enfant, Jeanne et que Lisaelle le désire aussi ; mais es-tu prête à courir ce risque ? Je ne peux rien prédire, ni son apparence, ni sa vie, ni sa mort. J'espère que ton enfant sera viable. J'espère qu'il ne sera pas monstrueux. C'est tout ce que je puis te dire." "Je comprends les risques," commença Jeanne, sa voix tremblante, mais ferme. "Et je sais que l'avenir nous est inconnu, peut-être plus encore maintenant. Mais lorsque je pense à cet enfant, notre enfant, je ressens une certitude qui dépasse toute peur. Oui, je veux le garder, et oui, je suis prête à courir tous les risques pour lui donner une chance de vivre, de grandir, d'aimer." Lisaelle, les yeux brillants d'émotions contenues, prit la main de Jeanne dans la sienne, un geste de soutien et de solidarité. "Peu importe les défis que nous devrons affronter, nous le ferons ensemble. Cet enfant sera le symbole de notre amour, une preuve que même dans les circonstances les plus improbables, quelque chose de beau et de pur peut émerger." À la sortie de la salle du conseil, le soleil filtrant à travers les feuilles des arbres millénaires baignait le village d'une lumière douce et apaisante, comme pour accueillir les décisions et les révélations qui venaient de se faire jour. C'est dans cette atmosphère presque irréelle que Jeanne et Lisaelle furent accueillies par la vue de Béthel, une jeune elfe à la beauté saisissante, dont les traits délicats semblaient sculptés par la lumière elle-même. Ses cheveux, d'un blond si clair qu'ils paraissaient capter et réfracter les rayons du soleil, encadraient un visage sur lequel brillait une expression d'anticipation mêlée d'appréhension. C'était Béthel, qui s'était donnée à Lisaelle avant le sacrifice et portait aussi son enfant. Immédiatement, elle plut à Jeanne qui accepta de bon cœur de partager encore Lisaelle. Malgré sa jeunesse, l'elfe aurait trois épouses : Hye-Jin, Béthel et Jeanne qui toutes les trois portaient déjà sa descendance. Le village regardait maintenant Lisaelle comme une héroïne. Pourtant, toutes s'interrogeaient : Lisaelle était-elle Uma, la mère des trois sœurs qui uniraient et apporteraient la paix perpétuelle sur Hératis ?

Chapitre 6: Préparatifs de guerre

Averti de l'attaque, le village d'Ekkaal commença à se préparer. Les Elendari connaissaient les Nayks ainsi que les tactiques qu'elles avaient l'habitude d'employer. On construisit des remparts de quatre mètres de haut en employant de la boue, du bois ainsi que de la pierre. Les Terriennes apportèrent de grandes plaques de métal afin de renforcer ce dispositif. Ensuite, elles aidèrent à creuser une fosse que l'on put remplir d'eau grâce aux pouvoirs magiques de celles qui contrôlaient les éléments. Il aurait certainement été plus radical, mais aussi bien plus risqué d'employer le Feu. Les maisons étaient en bois et c'était prendre le risque d'incendier le village. Les Elendari armèrent leurs flèches de l'acier tranchant apporté depuis la Terre, qui les rendraient plus meurtrières et efficaces, à condition qu'elles atteignent leur but : le point de jonction entre la tête armée de mandibules puissantes et le corps des arachnides. Le reste était tellement blindé que les coups ne les atteindraient pas. Les monstres avaient un diamètre qui mesurait entre 80 cm et 1,50 m, auquel il fallait ajouter les huit pattes armées de griffes et pouvant mesurer jusqu'à deux mètres. Les remparts devaient être élevés et la fosse profonde. En outre, il avait fallu prévoir une porte, point faible du dispositif qu'il faudrait défendre. Durant les préparatifs du siège, les Elendari s'affairaient dans le village et dans les champs alentours. Elles collectaient les vivres nécessaires. Un jour, elles virent une petite troupe de Terriennes avancer vers le village. Elles s'exclamèrent devant la beauté et la grande taille de ces étrangères qui ressemblaient assez à Jeanne. Certaines d'entre elles étaient même plus grandes que la compagne de Lisaelle. Elles leur firent bon accueil. Les Terriennes apportaient des explosifs. On décida de construire un piège, placé devant la porte du village. Quand les Nayks attaqueraient, on pourrait en tuer quelques-unes, à condition de déclencher le dispositif au bon moment. Puis les Terriennes armées de leur pistolets-laser et aussi de pistolets classiques viendraient les prendre à revers, ce qui, on l'espérait suffirait à les repousser. On se mit d'accord ensuite les Terriennes retournèrent à leur camp caché dans la forêt, à quelques kilomètres du village.

Jeanne prévoyait maintenant que l'attaque était imminente. Les Anciennes avaient interdit aux jeunes Elendari de s'éloigner du village dans lequel on avait disposé une cloche d'alarme. Des guetteuses scrutaient l'horizon afin de voir surgir des forêts les terribles monstres, mais Aélia s'ennuyait. Bien sûr, elle avait compris que le combat mené par Ekkaal lui épargnerait peut-être le rituel du choix, puis du sacrifice auquel il était prévu qu'elle se soumette l'année prochaine. Pourtant, même les heures de volupté qu'elle passait avec sa meilleure amie, Dina, ne parvenaient pas à la distraire suffisamment. Aélia était une des dernières filles de Penryn, l'Ancienne qui lui avait probablement laissé trop de liberté. Elle était intrépide et insolente. Avec ses longs cheveux auburn, à la texture soyeuse et aux reflets cuivrés, elle se distinguait même parmi les jeunes filles Elendari, connues pour leur beauté. Ses yeux, d'un vert profond et vif, scintillaient d'une curiosité insatiable et d'un esprit rebelle. Sa peau était d'une blancheur délicate constellée de taches de rousseur. Fine et élancée, Aélia révélait la beauté raffinée de ses origines, ses mouvements rappelant la danse des branches dans le vent. Ses épaules étaient délicatement arrondies. Ses bras étaient longs et élégamment musclés, témoignant de sa maîtrise en tir à l'arc, une compétence qu'elle manie avec autant de facilité que de passion. Sa poitrine menue et ferme aux mamelons presque toujours tendus se pressait contre le tissu diaphane de sa tunique. Sa taille était mince, accentuant une ligne de corps élancée. Ses longues jambes parfaitement proportionnées étaient conçues pour la rapidité et l'endurance. Sa peau, pâle et pourtant lumineuse, semblait quasiment irradier sous la lumière lunaire, contrastant avec les teintes sombres de la forêt d'Ekkaal. Dina, son amante, contrastant avec la fougueuse

Aélia, incarnait une version plus douce et féminine de la beauté des Elendari. Elle était la délicatesse incarnée, avec ses traits fins et harmonieux qui dévoilaient l'essence de la beauté elfique. Ses cheveux étaient d'un blond doré, ils tombaient en cascades ondulées sur ses épaules, scintillant sous la lumière des étoiles. Ses yeux étaient d'un bleu doux, quasiment translucide, tranquilles et sereins comme les eaux claires d'un lac. Dina possédait une stature plus petite que celle d'Aélia, donnant une impression de vulnérabilité. Sa silhouette était enchanteresse, avec des courbes douces qu'elle aimait mettre en valeur grâce aux robes fluides, très décolletées laissant voir plus que deviner l'adorable poitrine ronde, aux larges aréoles dont elle était si fière. Ema, la jeune sœur de Dina, partageait beaucoup de traits physiques avec son aînée, mais les portait avec une énergie juvénile et une intensité qui lui sont propres. Sa poitrine naissante ondulait à peine sous sa robe légère. Comme Dina, elle avait des cheveux d'un blond doré, bien que les siens soient le plus souvent laissés en bataille, reflétant son esprit moins mesuré et plus impétueux. Ses yeux, d'un bleu clair semblable à ceux de Dina, scintillaient habituellement d'une lueur de malice ou de défi, surtout lorsqu'elle parlait avec ou de Aélia dont elle était éperdument amoureuse. Depuis une semaine, Aélia s'ennuyait
. Ce jour-là, elle avait été choisie pour participer à la

récolte avec Dina et Ema qui les suivait toujours. Elle regardait la forêt avec nostalgie. Depuis trop de jours, elle était privée des parties de chasse pendant lesquelles elle démontrait à toute sa force et son habileté. Elle croisa le regard de son amie. Dina voulut la ramener à la raison ; mais aucune de ses paroles ne parvenait à convaincre alors à bout d'arguments, elle exigea de la laisser l'accompagner. Aélia accepta à contre-cœur. Les deux amies réunies, opposèrent un refus farouche à la demande silencieuse d'Ema. Ensuite, profitant d'un moment de distraction générale, elles s'enfoncèrent dans les bois. Aélia découvrit la piste fraîche d'un chevreuil. Silencieuses, elles suivaient l'animal. Soudain, elles entendirent le craquement d'une branche. On les suivait. C'était Ema qui leur avait désobéi imitant leur insubordination, après tout n'avaient-elles pas désobéi aux Anciennes ? Il y eut des explications, quelques pleurs. Pendant ce temps, le chevreuil s'était échappé. Il fallait rentrer maintenant. Les trois jeunes filles se faisaient discrètes pour parcourir les deux kilomètres qui les séparaient du village. Ema entendit la première un bruit sinistre et avertit Aélia et Dina. C'était le pas lourd et rapide d'un arachnide qui les poursuivait. Elles se mirent à courir. Dina n'aurait pas dû regarder en arrière. Terrorisée, elle se rendit compte que ce n'était pas une mais trois Nayks qui les poursuivaient. Les Elfes juvéniles étaient plus fines et souples que les araignées. Elles auraient peut-être le temps d'atteindre Ekkal. La cloche retentit alors qu'elles sortirent des bois. Les monstres étaient sur leurs talons. Brisant le silence apeuré, un long cri de détresse jaillit du village. La plus grosse des araignées venait de projeter une toile dans laquelle les trois jeunes filles s'engluèrent. Désormais, plus rien ne pouvait les sauver. Elles furent emportées dans la forêt.

Aélia, Dina et Ema tremblaient de tout leur corps ; leurs visages étaient ravagés de terreur et de larmes. Elles n'avaient pas, comme elles le croyaient été immédiatement dévorées par les monstres. Elles réalisaient maintenant qu'un destin encore plus sombre les attendait. Chacune d'entre elle était transportée par une Nayk. Au bout de quelques minutes de marche, elles arrivèrent à une clairière ou des dizaines de leurs congénères étaient assemblées. La scène était cauchemardesque. Elles entouraient une araignée énorme, trois fois plus grosse que les autres. Elles supposèrent avec raison que c'était là leur mère ou bien leur Reine. Sa voix résonna en elles, glaçante, violant sans égard leur espace psychique. Elles devraient suivre la Reine dans son antre pour porter sa descendance. Le clan des Nayks se préparaient au combat et sa mère voulait donner naissance à une autre reine. Par précaution, elle envisageait la possibilité de périr durant cet assaut, même si c'était peu probable. L'antre était une caverne sordide d'où émanait une odeur putride, les Nayks arrachèrent les vêtements des trois jeunes filles et les lièrent sur des autels de pierre prévus pour ce qui allait suivre. Elles tremblaient et hurlaient tandis que le monstre s'approchait. Plusieurs heures plus tard, Aélia restait suspendue, attachée à une toile. Elle sentait déjà, à l'intérieur d'elle-même, cette vie étrangère et hostile qui, elle le savait, avait commencé à la ronger. Elle luttait encore et son corps combattait de toute son énergie cette chose qui lui faisait horreur. Les larmes avaient séché le long de ses joues ; mais elle restait choquée et traumatisée. Dans la culture Elendari, la sexualité était un moyen d'être ensemble, de communiquer ou même de communier. Elle était un Don, toujours consenti et tendre. C'était il y a un an, avec Dina qu'elle avait découvert ce plaisir et cette tendresse. La plupart des Elendari avaient ainsi une ou plusieurs amantes. Elle n'aurait jamais pu imaginer ce viol qu'on venait de lui faire subir. Le chagrin lui tordit le cœur en voyant Ema attachée, elle aussi, et aussi désespérée. Elle lui avait promis de lui faire découvrir l'amour et ne pourrait jamais tenir cette promesse. La douleur physique et psychique submergeait Aélia qui imaginait avec douleur ce que pouvait ressentir sa jeune amie. Qu'elle avait été sotte de les suivre ! Dina respirait avec peine, à ses côtés ; chacune de ses inspirations était entrecoupée de sanglots. Les images revenaient l'assaillir. Le corps immonde et immense de la mère des Nayks. La douleur fulgurante lorsqu'elle avait été prise, ses chairs écartelées. Elle tremblait de chagrin et de colère. Elle savait que ce qu'elle venait de vivre l'avait transformée à jamais, l'avait blessée à mort. Elle voulait mourir, quitter ce monde habité par l'horreur. L'instant d'après, elle se prit à espérer qu'Ekkaal puisse vaincre et exterminer ces monstres qui ne méritaient pas de vivre. De toutes ses forces, elle se défendait contre l'œuf qui tentait de se nourrir de sa chair. Elle résistait. Parviendrait-elle à tenir jusqu'à la victoire de son peuple ?

Chapitre 7: Terrible victoire

Le village d'Ekkaal restait plongé dans la stupéfaction et le chagrin. Les Anciennes savaient que l'enlèvement des jeunes filles était le prélude de l'attaque. Il ne restait que quelques heures. Lisaelle se présenta devant les Anciennes, n'osant pas lever son regard sur Penryn qui venait de perdre sa fille. Elle était rongée par la honte et la culpabilité. Elle voulait se rendre utile, réparer ce que, selon elle, elle avait provoqué. Les Anciennes ne parvenaient plus à contacter les Terriennes, car les Nayks employaient leur force psychique pour interrompre toute communication télépathique. Une Elendari devait se dévouer pour traverser leurs lignes et prévenir leurs alliées. Sans l'ombre d'une hésitation, Lisaelle accepta cette mission, sans doute la plus risquée de toutes. L'ensemble du plan mis en place en dépendait. Si elle ne parvenait pas à atteindre le camp des Terriennes alors aucune coordination ne serait possible. Elle enfila une tunique sombre et se couvrit de suie. Il fallait attendre la tombée de la nuit. Il convenait de se montrer particulièrement discrète en traversant les champs, zones découverte et livrée à la surveillance des Nayks. Elle escalada le rempart, se glissa dehors, invisible et rampante. Sa progression était lente et précautionneuse, car le moindre bruit pourrait la trahir. À l'orée du bois, elle dut s'immobiliser. Deux Nayks étaient postées là, scrutant la plaine. Par chance, elles ne l'avaient pas vue, mais, si proche, tout mouvement la trahirait. Lisaelle tentait de maîtriser chaque cellule de son corps, l'attente qui s'éternisait menaçait de la faire trembler, grelotter de froid. Au bout d'un temps infini, les sentinelles se détournèrent et elle parvint à franchir les lisières de la forêt. L'elfe gracile se retrouvait dans son élément. Elle dépensait une énergie considérable pour verrouiller son esprit, faisant passer sa trace pour celle d'un animal sauvage. Elle sentait la présence des Nayks, se glissait, dissimulée d'arbre en arbre. Plus avançait plus le succès de son entreprise se précisait. L'esprit des Nayks tourné vers Ekkal n'était plus attentif à une présence si proche. Encore quelques centaines de mètres et Lisaelle sentit enfin que le danger était passé. Soudain, elle entendit en elle la voix délicieuse de Jeanne, la préférée de ses amantes. "Comment vas-tu ma chérie ?" Elle s'était inquiétée, n'entendant plus Ekkaal. Elle l'avait cherché parmi ses visions qui devenaient très confuses. L'avenir était si incertain. Jeanne guida Lisaelle jusqu'au camp des Terriennes. Ne l'ayant pas revue depuis plusieurs jours, elle se jeta dans ses bras et se couvrit, à son tout, de suie. Kelly, une Américaine ombrageuse, la seule parmi les Terriennes, avait pris la direction des opérations. Les dix pistolets lasers avaient été confiées aux dix jeunes femmes les plus préparées et les plus intrépides. Kelly avait organisé la petite troupe en se donnant deux lieutenantes ; une Allemande nommée Dagmar et une Italienne nommée Giovanna. Elles étaient toutes motivées et décidées. On allait écraser ces monstres. Elles respectaient Jeanne, la vénéraient presque, mais l'avaient convaincue de rester en retrait en lui expliquant que son don de voyance était trop précieux pour être mis en danger. Heather avait été intégrée au groupe de Giovanna, Gudrun secondait Dagmar. Cependant, Jeanne était perplexe au sujet de la tactique que Kelly avait imposée : une attaque frontale et brutale, censée terroriser les Nayks. On sous-estimait l'adversaire pensait-elle. Elle n'y pouvait rien ; elle avait tué une Nayk et maintenant ses compagnes brûlaient à leur tour, de prouver leur valeur. Alors, Jeanne se retranchait dans ses visions, cherchant une alternative au cas où l'attaque prévue ne donnerait pas les résultats attendus. Elle s'en ouvrit à Lisaelle qui partageait ses vues, mais tenait à respecter ses alliées. La troupe se mit en marche.

Au matin, le village d'Ekkaal fut réveillé par le grondement de l'armée des Nayks qui s'avançait vers la porte principale. Les Anciennes firent demander au deux magiciennes de mettre en place le bouclier. Cette protection employait de l'énergie sexuelle pour protéger les Elendari d'attaques qui, sans cela, les paralyseraient, rendant facile la victoire des arachnides. Il fallait une énergie considérable qui ne pouvait être libérée que par des orgasmes fréquents et réguliers. Deux groupes de six jeunes elfes avaient été constitués. Les volontaires étaient des jeunes femmes de dix-huit ans, n'ayant pas encore appris à se battre, mais qui se rendraient ainsi utiles. Les magiciennes les contrôlaient et concentraient leur énergie afin de l'employer pour former le bouclier. Lexis regarda ses jeunes recrues. Elles étaient toutes belles et désirables. Avec ses cheveux noir ébène et ses yeux d'un vert profond, Alia dégageait une aura de mystère et de réserve. Elle était la plus pensive du groupe, souvent trouvée en méditation, cherchant à approfondir sa connexion avec les forces internes qui alimentaient leur magie protectrice. Flamboyante avec ses longs cheveux roux et ses taches de rousseur, Brenna apportait une énergie vivifiante au groupe. Sa capacité à rire même dans les situations les plus sombres aidait à maintenir le moral de ses compagnes. Blonde et sereine, Cara possédait une douceur presque angélique qui rassurait toutes celles qui l'entouraient. Elle était naturellement empathique, une qualité qui amplifiait sa disposition à harmoniser les énergies du groupe lors des rituels. Avec ses cheveux argentés qui semblaient capter la lumière, Daela était l'enfant de la lune. Eryn, aux cheveux châtain clair tressés en arrière, était la stratège du groupe. Elle avait un esprit vif et analytique, essentiel pour orchestrer la synchronisation de leurs énergies et pour maximiser l'efficacité de leur défense. La benjamine du groupe, Fayra avait des cheveux blonds cendré et des yeux qui rappelaient le ciel clair. Elle apportait un enthousiasme et une curiosité qui encourageaient les autres à explorer les profondeurs de leurs capacités magiques.

Lexis sourit. Il fallait commencer par Fayra. Elle leur ordonna de la dévêtir et de la caresser. Sa robe glissa le long de ses jambes. Des doigts agiles et légers frôlèrent sa peau. La jeune fille si sensible tremblait déjà. Les caresses et les baisers brûlants se posèrent sur son ventre frémissant. Fayra soupirait d'aise, s'arquant pour se donner davantage. Au bout de trois minutes à peine, elle gémissait déjà au bord de l'orgasme. Cependant, la magicienne qui la connaissait, savait qu'il ne fallait pas le déclencher aussi vite. Fayra aimait tellement être caressée que plus, on prenait son temps plus forte serait sa jouissance. Il fallait augmenter autant que possible son excitation. Alors, elles jouèrent avec son désir. Les yeux de Cara s'embuaient en même temps que ceux de Fayra, Lexis exigea qu'on la déshabille. Son sexe était déjà trempé. Il palpitait de désir et chaque frôlement lui arrachait une plainte. Elle devait cependant attendre son tour. L'excitation de Fayra devenait incontrôlable. La vue de son buste blanc aux seins gonflés et durcis pris de tremblements, arqué sous les caresses; de sa vulve trempée et ouverte faisait gémir Cara qui déjà offrait à ses compagnes un spectacle aussi ravissant. Fayra était sur le point de jouir. Soudain, elle explosa, son énergie fut telle que Lexis parvint, d'un seul coup à dresser le bouclier. Deux secondes plus tard, Cara fut prise de spasmes ; elle criait de bonheur, répondant à sa compagne. Les quatre autres jeunes femmes se dévêtirent et se couchèrent les unes sur les autres tête-bêche. Au bout de cinq minutes, les cris et les explosions de plaisir se succédaient à intervalles réguliers, alimentant le bouclier. Elles changeaient de configuration régulièrement. Fayra adorait celles pendant lesquelles dix mains prenaient possession d'elle pénétrant, en même temps, tous ses orifices. Mais cela ne durait guère parce qu'alors, elle jouissait presque instantanément quoiqu'avec une violence incroyable. De temps à autre, une jeune femme quittait le groupe pour se présenter à une "restauratrice", une guérisseuse dont le rôle était d'effacer la fatigue acquise, permettant aux jeunes femmes de rester disponibles. Dans le village, on entendait le son désarticulé de leurs orgasmes puissants et toutes souriaient se sachant protégées ainsi contre les terribles Nayks. Toutes les attaques psychiques étant pour le moment bloquées, les monstres se jetèrent contre la porte principale. Elle résistait tant bien que mal, abîmée par les coups des arachnides qui de temps à autre devaient reculer sous les pluies de flèches. Deux d'entre elles gisaient mortes, mais c'était un maigre bilan. On se battait avec fureur en espérant l'arrivée de Terriennes. Une vague d'optimisme se leva dans la poitrine des Elendari en voyant arriver les deux groupes. Elles approchaient prenant les Nayks en tenaille. Depuis leurs murs, on voyait les traits lumineux des pistolets lasers, de nombreuses araignées gisaient mortes bientôt le village serait libéré. Cependant, de l'orée de la forêt d'autres Nayks surgirent. Personne ne les avait imaginées si nombreuses. Chacune de celle qui était tombée, était aussitôt remplacée. Bientôt, elles purent s'approcher des Terriennes et firent leurs premières victimes ; une puis cinq puis dix Terriennes succombèrent. Les Elendari regardaient avec désespoir ; au bout de quelques minutes, elles prièrent pour que leurs alliées se retirent. La mort dans l'âme, Gudrun, la seule officière encore vivante rassembla ses compagnes et donna le signal de la retraite. Malgré leurs espoirs, elles avaient succombé sous le nombre. Cependant, leur attaque avait fait de nombreuses victimes et les Nayks se retirèrent provisoirement. Elles reprendraient bientôt l'assaut.

Jeanne était désolée d'avoir eu raison. Le seul moyen de vaincre les Nayks n'était pas de les attaquer frontalement ; il fallait tuer la Mère. Mais comment accomplir un tel exploit ? On en discutait avec fièvre et inquiétude depuis de longues heures. Le regard de Jeanne changea ; Lisaelle le lut avec inquiétude. Son amante avait pris une résolution qui la terrifiait ; elle fermait son esprit pour protéger ce secret. Plusieurs heures plus tard, quand elle se réveilla ; Jeanne avait disparu. Lisaelle lut dans l'esprit de Jeanne qu'elle avait été capturée par une Nayks qui la transportait vers l'antre de la reine. La créature était ravie de son fait d'armes. Elle venait d'attraper la plus grande de leurs ennemies et la tétanisait en maîtrisant son psychisme. Elle se pressait pour l'apporter à Mère qui ne manquerait pas de la féliciter. La monstrueuse créature fut, en effet, ravie et intriguée. Ce n'était pas une Elendari ; la proie avait de curieuses oreilles rondes. La Mère plongea dans son esprit. Ce qu'elle y découvrit l'étonna et l'intrigua. La jeune femme venait d'un monde lointain. La mère était fascinée par ce qu'elle voyait. Son monde était habité par des myriades de créatures semblables à elle. Les arachnides y étaient minuscules et insignifiants. Comment s'était-elle, pour son malheur trouvé là ? La mère se délectait de l'avantage qu'elle allait donner à ses filles. Ce spécimen connaissait certainement les secrets qui avaient rendu ses compagnes aussi dangereuses. Jeanne avait décidé de prendre tous les risques. Elle avait laissé le monstre pénétrer son esprit, lui cachant sa capacité de résistance. Ce faisant, elle était parvenue à pénétrer le sien. Elle y découvrit avec horreur les pratiques abominables de cette espèce maudite. Mais, cette "mère" était à la fois la force et la faiblesse de son groupe. Elle contrôlait chacune de ses guerrières, permettant à toutes d'agir de manière coordonnée, efficace et intelligente. Sans elle, le groupe disparaîtrait. Mais, elle avait prévu sa succession qui grandissait dans le ventre des jeunes filles capturées et dans le sien si elle se laissait faire. Plusieurs jeunes reines allaient naître, elles auraient le choix entre se faire dévorer ou bien aller fonder d'autres colonies si la reine mère survivait. Sinon, elles se battraient à mort et l'une d'entre elles prendrait le contrôle du groupe. Jeanne parvint à grand-peine à masquer son angoisse. La mère des Nayks s'approchait ne voulant laisser à aucune autre le plaisir de la déshabiller et de la posséder. Elle repensa à Lisaelle et aux questions qu'elle se posait. Les Nayks éprouvaient du désir et n'étaient nullement indifférentes à la beauté des hôtes que leur progéniture allait dévorer. La patte crochue du monstre déchira son t-shirt. Au village, la situation était désespérée. Les vagues d'assaut se succédaient, bientôt les murs ne pourraient plus protéger les Elendari ; alors les Nayks se jetteraient sur les magiciennes pour détruire le bouclier. La bataille serait donc finie et perdue. Les Terriennes avaient repris la lutte ; mais sous la direction de Gudrun, elles procédaient par coup de mains, furtives et insaisissables. Les Anciennes se concertaient. Lisaelle les avait averties de la tentative désespérée de Jeanne. Il fallait gagner du temps. Ensuite, elles demandèrent une trêve et supplièrent les Nayks de leur faire savoir quelles étaient leurs conditions. La reine mère exigea qu'on lui livre soixante-quinze Elendari ainsi que toutes les Terriennes, ce qui était bien sûr, inacceptable. Pourtant, les Anciennes firent mine d'accepter et la trêve se prolongea plusieurs heures. Lorsque le refus fut définitif, les combats reprirent ; mais le village s'affaiblissait. Un craquement sinistre déchira l'air. La porte s'effondrait. Plusieurs Nayks s'introduisirent et déchiquetèrent les Elendari qui tentaient de protéger Lexis. Lorsqu'une patte fut plongée dans son cœur le bouclier s'effondra ; alors tout le village fut paralysé. Gudrun et surtout Heather pleuraient en voyant le sort de leurs alliées déshabillées, agenouillées tremblantes de peur. Certaines d'entre elles étaient décapitées sans avertissement. Leur échec était tragique.

La reine mère s'apprêtait à violer Jeanne ; mais elle ne put résister au plaisir de lui montrer le sort de celles qu'elle avait prétendues défendre. Puis, elle voulut se moquer ; mais à ce moment précis. Elle fut expulsée avec violence de l'esprit de la Terrienne. Surprise et furieuse, elle se dressa de toute sa hauteur. Sa victime roula sur elle-même. La mère trop présomptueuse ne l'avait pas attachée et elle se saisit d'un objet métallique. Elle vit encore ce trait de lumière étrange qui se dirigeait vers elle puis ce fut le néant. Jeanne eut à peine le temps d'éviter le corps gigantesque et monstrueux qui s'abattait sur elle. Elle se dirigea vers l'entrée de l'antre. Les araignées couraient de ça, de là hébétées et égarées. Elle en tua quelques-unes, avant que les autres, effrayées se sauvent dans les arbres. Seules, elles ne pourraient pas survivre plus que quelques jours. Jeanne se dirigea vers les trois jeunes filles pour les libérer de leurs liens. Elles pleuraient, éperdues de reconnaissance. Ensemble, elles se dirigèrent vers le village. Chacune des jeunes filles portaient en elle en œuf. Elles étaient épuisées et parvenaient à peine à marcher. Après plusieurs heures, elles parvinrent au village qui enterrait ses morts. Les Elendari, cependant, fêtèrent l'héroïsme de Jeanne ; qui serait considérée dorénavant comme une quasi-divinité. Le lendemain, elle fut conviée en même temps que Lisaelle au conseil des Anciennes, dont elle devrait désormais faire partie. Il fallait trancher une question épineuse. Que faire des trois jeunes filles que Jeanne avait libérées ? Les discussions furent longues et difficiles. Jeanne et Penryn souhaitaient que l'on fasse tout ce qui était possible pour sauver les trois jeunes filles. Hélas, tant qu'elles vivaient ; il n'y avait aucun moyen de mettre fin à la croissance des jeunes reines qui les habitaient. Il fallait sacrifier Aélia, Dina et Ema. C'était le dernier acte de cette guerre terrible, mais nécessaire. Jeanne résistait de toutes ses forces ; alors les autres Anciennes lui demandèrent d'explorer ses visions. Au bout de deux heures, elle était en larmes et partit en silence. Ensuite, les autres Anciennes appelèrent les trois jeunes filles et une lame acérée les libéra de leurs souffrances. Les Nayks étaient définitivement vaincues.

Quelques mois après cet épisode pénible. Béthel engendra une petite Ema. Hyu-Jin donna naissance à une petite Dina. Jeanne, enfin, donna naissance à Diane ; ne souhaitant pas reprendre le nom d'Aélia qui, par son imprudence et sa présomption avait soumis ses amies à ce sort tragique. Les filles de Hyu-Jin et de Jeanne ressemblaient à leurs mères, pleinement humaines, pleinement terrestres. Les gamètes de Lisaelle n'avaient fait que stimuler leurs ovules. Les Terriennes décidèrent de vivre près des Elendari et de devenir leurs concubines. Elles avaient besoin d'elles pour être fécondées et avoir une descendance en ce monde. Les Elendari considéraient ces Terriennes comme leurs libératrices et leur accueil comme un devoir sacré. Elles s'amusaient de leurs oreilles rondes et les dénommèrent Rondilis; c'est ainsi qu'elles furent désormais connues sur Hératis.

Postface

Remerciements

Texte de remerciement

*Composition et mise en page réalisées
avec l'aide de WriteControl*

© Hermione de Méricourt, 2024
Édition : BoD • Books on Demand GmbH,
In de Tarpen 42, 22848 Norderstedt
(Allemagne)
Impression : Libri Plureos GmbH,
Friedensallee 273, 22763 Hamburg
(Allemagne)
ISBN : 978-2-3225-1932-3
Dépôt légal : Août 2024